Samir Senoussi . Benjamin Strickler

La véritable histoire de
Timée, qui rêvait de gagner aux jeux Olympiques

bayard jeunesse

La véritable histoire de Timée a été écrite par Samir Senoussi
et illustrée par Benjamin Strickler.
Direction d'ouvrage : Pascale Bouchié.
Maquette : Natacha Kotlarevsky.
Illustrations : pages 9, 21, 30, 44 : Nancy Peña ; pages 6-7 : Pierre-Marie Valat ;
page 15 : Olivier Nadel ; pages 18-19: Catherine Chion ;
pages 34-35 : Marie-Christina Pritelli.

La collection « Les Romans-Doc Histoire »
a été conçue en partenariat avec le magazine *Images Doc*.
Ce mensuel est édité par Bayard Jeunesse.

18 rue Barbès, 92120 Montrouge
ISBN : 979-1-0363-0964-9
Dépôt légal : octobre 2019
Tirage : décembre 2023

Loi n°49-956 du 16 juillet 1949 sur les publications destinées à la jeunesse.
Imprimé en France par SEPEC - 23577231105.

IMPRIM'VERT®

PEFC 10-31-1470 / Certifié PEFC / Ce produit est issu de forêts gérées durablement et de sources contrôlées. / pefc-france.org

CHAPITRE 1

LE CHAMPION

– Jamais, tu m'entends ! Jamais un esclave ne défendra les couleurs de notre cité aux jeux Olympiques !

Le roi de Sparte est furieux. Son fils, Léonidas, se tient devant lui, silencieux. À ses côtés, son ami Timée.

– Nos pères ont vaincu les pères de ton Timée il y a des générations, s'énerve le monarque empourpré. Depuis, les ilotes* doivent cultiver la terre pour nous. Pour que

* *À Sparte, les ilotes sont les paysans-esclaves.*

nous, les égaux*, nous puissions nous consacrer à la seule chose qui compte : la gloire de Sparte. Ainsi sont les choses et ainsi doivent-elles rester…

Léonidas lui répond d'une voix ferme :

– Je sais tout cela, père. Mais Timée est le meilleur lutteur de la région tout entière. Tous ceux qui l'ont affronté ont mis une épaule à terre.

Comme son père ne semble guère convaincu, Léonidas ajoute :

– Je t'ai entendu dire avec tes conseillers qu'il fallait gagner toutes les épreuves des Jeux pour rappeler aux autres Grecs la valeur de Sparte.

– Mon fils, lui répond le roi en souriant, je vois que tu es aussi malin qu'Ulysse aux mille ruses ! C'est peut-être toutes ces histoires que tu lis…

Après quoi, il se lève et se dirige vers l'autel. Là, pensif, il attrape une coupelle de vin. Il en verse quelques gouttes sur le sol tout en murmurant : « Pour toi, Zeus sauveur. » Puis, il se tait. Seules les cigales au-dehors troublent le silence.

suite page 8

* *À Sparte, les égaux sont les citoyens.*

5
2
4
3

SPARTE, CITÉ GUERRIÈRE

À Sparte, on ne pense qu'à la guerre. Et les enfants aussi doivent s'y préparer. Dès l'âge de 7 ans, ils sont enlevés à leurs parents et reçoivent une éducation très sévère.

1. La lance est l'arme principale du soldat grec. À Sparte, on s'entraîne à tous les sports, mais aussi au combat en armes.

2. L'épée aussi est utilisée. Les jeunes Spartiates s'entraînent nus pour s'endurcir au froid. Les Grecs pensent qu'un corps bien formé est une belle chose qu'on ne doit pas avoir honte de montrer.

3. La lutte est un sport qui développe l'esprit de compétition.

4. L'entraîneur se sert de branchages pour fouetter les apprentis guerriers. Aujourd'hui, « spartiate » signifie dur, sévère.

5. Les filles s'entraînent avec les garçons. Un vrai scandale pour les autres Grecs, qui pensent que la place des femmes est à la maison.

6. Les citoyens de Sparte, les « égaux », prennent leurs repas tous ensemble.

7. L'acropole surplombe la ville, comme dans la plupart des cités grecques. C'est un temple dédié à la déesse Athéna.

Après quelques instants qui semblent une éternité à Léonidas et Timée, le roi rend sa sentence :

– Très bien, mon fils. Ton ami pourra défendre les couleurs de notre cité… Mais les Jeux sont interdits aux esclaves. Alors, il devra d'abord devenir un vrai Spartiate. Et pour ça, il n'y a qu'une seule loi : la Cryptie.

À ces mots, le sang de Léonidas se glace. Timée, lui, ne tremble pas d'un cil. Il fixe le roi dans les yeux et proclame :

– J'accepte. Je subirai l'épreuve.

Les deux garçons marchent dans les rues de Sparte sans dire un mot.

Au bout d'un moment, Timée demande :

– Léo, c'est quoi la Cryptie ?

Léonidas en reste interloqué :

– Quoi ! Tu ne sais pas ! Et tu as accepté ?! C'est tout toi ça, tu fonces dans le tas et c'est seulement après que tu te poses des questions !

Il explique à Timée ce qui l'attend :

– À la fin de leur entraînement, les meilleurs fils de Sparte doivent subir une épreuve. On les envoie dans

suite page 10

LA SOCIÉTÉ GRECQUE

Un pays de cités

Les Grecs vivent dans des cités indépendantes, souvent en lutte. Mais elles peuvent aussi s'unir contre un ennemi commun, comme les Perses.

Les citoyens et les autres

Dans les cités, il y a les citoyens, qui votent et choisissent leurs dirigeants. Et il y a tous les autres… Les femmes n'ont pas le droit de participer à la vie politique.
Les étrangers sont appelés «métèques», ou « barbares» quand ils ne parlent pas la langue grecque.
Les esclaves sont vendus comme des objets ; ils doivent obéir à leur maître et espèrent être « affranchis » un jour, c'est-à-dire libérés.

L'éducation grecque

Dans les familles riches, les jeunes garçons sont confiés à un « pédagogue », un esclave cultivé. Ils apprennent à lire, à écrire et aussi… à chanter ! Ils font aussi beaucoup de sport et s'entraînent au maniement des armes. Peu de filles ont la chance d'avoir une formation. Elles restent plutôt à la maison où on les prépare à devenir de bonnes épouses.

Une société d'hommes

Chez les Grecs, un homme doit se marier ! À Sparte, au-delà d'un certain âge, ne pas avoir de femme est puni par la loi. Mais l'amour n'est pas la priorité : l'épouse est d'abord là pour s'occuper de la maison et donner à son mari des héritiers. Seuls les hommes se retrouvent pour des banquets, où ils mangent, discutent et profitent de toutes sortes de spectacles.

« Faites la guerre, pas le travail ! »

Le travail, c'est l'affaire des esclaves et de ceux qui sont trop pauvres pour s'en acheter. Le citoyen doit consacrer son temps à la politique et à la guerre.
Les armées grecques sont donc constituées de citoyens, luttant côte à côte, pour défendre la cité.

la montagne, sans rien à manger, avec un couteau et c'est tout. Ils doivent chasser ou voler leur nourriture. Et surtout ils doivent se cacher. Si on te voit, on te tue.

– J'y arriverai, lui dit Timée.

– Tu devras survivre pendant plusieurs mois.

– J'y arriverai !

– Il y a des loups et des ours là-haut.

– J'y arriverai !

– Il va bientôt neiger. La nuit, le froid te mord la peau.

– J'y arriverai !

Léonidas se tait un instant, et il lui répond :

– Je sais…

CHAPITRE 2

CACHÉ

L'hiver est là. Timée est parti dans la montagne depuis un mois déjà. Léonidas, lui, mène la vie de tous les jeunes Spartiates de son âge. Une vie de militaire, pour former des guerriers endurcis. Course, lutte, entraînement, paillasse dans un dortoir commun. À peine une couverture et pas grand-chose à se mettre sous la dent pour les petits soldats de Sparte. Et la fatigue, toujours…

– J'ai l'impression de faire partie d'un troupeau, gémit Léonidas. Mais bon, ça pourrait être pire, je pourrais être à la place de Timée. J'espère qu'il y arrive, soupire-t-il, inquiet pour son ami.

Et puis, un jour, le printemps revient. Sparte quitte son manteau d'hiver et semble se dévêtir de ses sévères habits de guerre. Les arbres des vergers se couvrent de fruits, l'air se remplit de l'odeur des peupliers argentés, des pins, des oliviers, des chênes verts. Les jacinthes sortent de terre… Et c'est elles, justement, que l'on célèbre pendant la fête des Hyacinthies. La jeunesse de Sparte danse, chante, au son de la lyre, de la flûte et de la cithare. Les Jeux approchent et Léonidas, lui, pense à Timée, qui n'est toujours pas rentré.

Avec l'été vient le temps des Gymnopédies, en l'honneur des guerriers morts. La trêve printanière est finie. La chaleur échauffe les esprits. Après les sacrifices et les prières, les jeunes doivent prouver leur endurance. Pendant des heures, ils exécutent une danse de guerre rythmée par les tambours. Léonidas étouffe sous son casque et s'épuise à faire tournoyer sa lance et son bouclier.

Il supplie silencieusement le dieu Apollon de demander au soleil de se coucher un peu plus tôt aujourd'hui.

Les Jeux auront lieu dans quelques semaines. Mais avant, Sparte rend hommage à Artémis, sa déesse protectrice. Des magistrats à l'air sévère, armés de fouets, protègent une statuette devant laquelle sont empilés des fromages, dont les jeunes doivent essayer de s'emparer. Gloire à celui qui prendra le plus de fromages… et le plus de coups de fouet !

Le soir venu, Léonidas, le dos zébré de marques, va s'asseoir sous un olivier, loin de la fête qui bat son plein. Il tire un gros rouleau de manuscrits de sa ceinture. Il l'ouvre et lit : *Le roseau et l'olivier*. Mais sa lecture à peine commencée, il lève pensivement les yeux vers les montagnes qui se dessinent dans le soleil couchant et murmure :

– Et Timée qui n'est toujours pas là…

Un bruit le réveille en sursaut dans l'obscurité. Une ombre vient de se glisser près de lui. Il scrute la nuit, aux aguets, la respiration haletante. « Du calme, se dit-il, pour chasser la panique. Tu es un Spartiate. Tout le monde a peur des Spartiates, pas l'inverse ! »

suite page 16

6 DIEUX GRECS

Zeus, le roi des dieux

De tous les dieux, Zeus est le plus puissant. Il trône au sommet de l'Olympe, le pays des dieux. Comme tous ses semblables, il peut se montrer jaloux, colérique, injuste. Pour s'attirer ses faveurs, les hommes lui font des sacrifices et lui élèvent des temples.

À Olympie, par exemple, une gigantesque statue en or et en ivoire le célébrait. Zeus, couronné d'un rameau d'olivier, tenait dans sa main Niké, la déesse de la victoire. La statue était si impressionnante qu'elle faisait partie des Sept Merveilles du monde antique.

Apollon

Apollon, le dieu du Soleil, de la musique et de la poésie, est le fils de Zeus. Il est d'une beauté extraordinaire. Les Grecs le représentent souvent avec un arc et des flèches, ou alors jouant de la lyre, un instrument de musique.

Artémis

La déesse de la Lune et de la chasse est la sœur jumelle d'Apollon. Elle chasse dans les bois où elle vit. Comme son frère, elle est souvent représentée avec un arc, accompagnée d'une biche.

Athéna

Athéna, une autre fille de Zeus, est la déesse de la guerre et des arts. Elle conseille et protège souvent les héros des histoires grecques, comme Ulysse ou Héraclès.

Dionysos

Le dieu de la joie et du vin est le fils de Zeus et d'une mortelle. Les adeptes de Dionysos participent à des fêtes folles où tous les excès sont permis.

Hadès

Hadès, le frère de Zeus, règne sur le royaume des morts, dont l'entrée est férocement gardée par un chien à trois têtes, Cerbère.

En position de défense, il est prêt à tenir son terrain. Sans lance ni bouclier, comme un vrai soldat de Sparte. Il écarquille les yeux pour essayer d'apercevoir quelque chose dans la pénombre. Mais rien, à part le silence. Après un instant, il se lève et se met en route. Il traverse l'oliveraie et enjambe le petit muret quand, tout à coup, il se fige. À quelques pas devant lui, deux oreilles pointues, un poil couleur de suie et deux petits yeux brillants. Un loup. Énorme, haut comme un homme. Fuir ? Faire face ? Il n'a pas le temps de décider : le loup se détend comme une fronde et s'abat sur lui comme un roc. Il sent déjà les crocs caresser sa gorge. Mais, mais… C'est une main qui l'étrangle ! Et c'est un bras qui bloque sa poitrine !

– Un lycanthrope* ! À l'aaaaaide !

Pourtant, au son de sa voix, l'étreinte se desserre, l'ombre se redresse et le loup semble tomber à terre. Une peau sur des épaules d'homme…

– Léo ?

– Timée ! C'est toi ?

* *Sorte de loup-garou.*

CHAPITRE 3

OLYMPIE

Ça y est, Olympie est en vue ! Le cortège spartiate aperçoit enfin le sanctuaire où se tiendront les Jeux. Toutes les cités grecques sont là. Chacune a envoyé une délégation : les redoutables athlètes de Thèbes, qui, à la guerre comme au gymnase, s'entraînent et combattent toujours par deux. Les Corinthiens, avec leurs boucliers à l'emblème du dauphin. Les meilleurs fils d'Argos, de

suite page 20

MACÉDOINE
Pella
4
Mer Égée
Delphes
6
Thèbes
Mégare
Athènes
1
Corinthe
Olympie
Mycènes
5
Argos
PÉLOPONNÈSE
2
Sparte
Mer Méditerranée
CRÈTE
7
Cnosso.

LES CITÉS GRECQUES

Les Grecs de l'Antiquité vivent dans des cités indépendantes. Mais ils appartiennent à la même civilisation qui parle la même langue et honore les mêmes dieux.

1. Athènes est la plus prestigieuse des cités. Elle brille par ses artistes, ses philosophes, ses hommes politiques.

2. Sparte est une cité très redoutée de ses rivales. En effet, ses citoyens sont les guerriers les mieux entraînés de Grèce.

3. Troie est une ville qui aurait été prise et détruite par les Grecs. La guerre de Troie est racontée par Homère dans un célèbre livre : l'*Iliade*.

4. Pella est la capitale de la Macédoine. De là partit Alexandre le Grand. Ce conquérant apportera la culture grecque jusqu'en Inde.

5. Olympie n'est pas une cité. C'est un sanctuaire dédié à Zeus, le roi des dieux. Les jeux y ont lieu tous les quatre ans.

6. Delphes est un sanctuaire où une femme, la Pythie, fait des prédictions. C'est un centre religieux important pour tous les Grecs.

7. Cnossos est la capitale de la Crète, berceau d'une très ancienne civilisation.

Mégare, de Mycènes ; les colonies de Grande Grèce et d'Asie… Une seule manque encore à l'appel : Athènes.

– Toujours en retard, ces Athéniens, souffle Timée à Léonidas. Trop occupés à parler d'art, de poésie, blablabla.

Léonidas sourit :

– Un peu comme moi, c'est ça ? Alors que toi, tu es déjà un vrai Spartiate ! Tu as tué un loup à mains nues et tu as essayé de m'étrangler.

Timée lui répond l'air peiné :

– Je suis désolé, Léo ! Je ne savais pas que c'était toi, et tu connais la loi : si on m'avait vu, j'étais fichu ! Et puis après tout ce temps passé seul dans la montagne, j'étais devenu une bête !

– Bah, l'important c'est que…

Léonidas est interrompu par un concert de couacs et de beuglements. C'est toute une armée de trompettistes et de cornistes, de choristes et de chanteurs qui s'égosillent. Chacun souffle aussi fort que possible à pleins poumons. Alors que le bruit s'éteint peu à peu, Léonidas s'écrie :

– Qu'est-ce que c'était ? Un concours pour faire s'écrouler le mont Olympe ?

suite page 23

5 INVENTIONS GRECQUES

La démocratie
Les Grecs ont inventé une nouvelle façon de gouverner : la démocratie qui veut dire le « pouvoir du peuple ». Les citoyens débattent et votent les lois sur la place de la cité, l'agora. Mais les femmes, les esclaves et les étrangers (c'est-à-dire la très large majorité de la population) ne peuvent pas participer à ces débats.

Le théâtre
C'est l'un des spectacles préférés des Grecs. Les spectateurs s'assoient sur de vastes gradins en plein air souvent creusés dans une colline pour écouter tragédies et comédies. Les acteurs portent des costumes et des masques, et sont souvent accompagnés d'un chœur.

La philosophie
Dans toute la Grèce, des sages enseignent la « philosophie », c'est-à-dire « l'amour de la sagesse ». Les plus célèbres sont athéniens, comme Socrate, Platon ou Aristote.

La médecine
Hippocrate est le premier médecin à dire que les maladies ne sont pas dues à des sorts ou à la colère des dieux. À Olympie, les athlètes se préparent en suivant les règles de vie de son enseignement.

La géographie
Les Grecs sont les premiers à prouver que la Terre n'est pas plate, mais ronde. Ils étudient les mouvements des astres, les lois de leurs déplacements et dessinent des cartes du monde utilisées par les voyageurs jusqu'à la découverte de l'Amérique !

– Presque, lui répond une voix derrière lui.

Une jeune fille, des couronnes tressées de feuilles d'oliviers enroulées autour de son bras, lui explique :

– C'est le concours des hérauts.

– Des héros ? Drôles de héros, dis donc ! s'exclame Timée.

La jeune fille lève les yeux au ciel :

– Mais non, pas les héros, les hérA-U-T-S ! Pendant les Jeux, ils vont annoncer les noms des participants et des vainqueurs. C'est pour ça le bruit : pour montrer qu'on peut se faire entendre ! C'est un grand honneur…

Léonidas sourit et lui demande :

– C'est joli ces bracelets autour de ton bras. C'est toi qui les as faits ?

Elle soupire :

– Vous ne savez vraiment pas grand-chose tous les deux… Ce ne sont pas des bracelets, mais des couronnes ! C'est moi qui suis chargée de les fabriquer. Ensuite, on les dépose sur la tête des vainqueurs. Peut-être sur la vôtre ?

– C'est Timée le sportif, répond Léonidas. Moi, je suis, disons… le philosophe*. Je m'appelle Léo. Et toi ?

* *Dans l'Antiquité, c'est quelqu'un qui étudie la nature et la morale.*

– Iphigénie, répond la jeune fille.

– Si tu nous faisais visiter Olympie, Iphigénie ? On pourrait se retrouver après la cérémonie des serments ?

Elle accepte, ravie :

– D'accord, les Spartiates ! À tout à l'heure… Et ne vous perdez pas, hein !

Après avoir assisté aux sacrifices devant l'immense statue de Zeus, Timée et Léonidas se dirigent vers le palais des juges. Ils se fraient un passage au milieu des vendeurs de gâteaux au miel, des guides qui proposent leurs services, des musiciens, des magiciens, des marchands de talismans, censés favoriser la victoire.

Quand les deux garçons arrivent dans l'enceinte du palais, Timée prête serment avec les autres athlètes :

– Devant Zeus Horkios, je jure que je suis grec et libre. Je promets de respecter les lois d'Olympie et de ne jamais vaincre par des moyens déloyaux.

Alors le juge proclame :

– Vous êtes maintenant athlètes d'Olympie. Vous n'aurez qu'une devise : la victoire, sinon rien. Que la gloire couvre votre front, et qu'ainsi elle rejaillisse sur vos cités !

CHAPITRE 4

LE DÉFI

Timée et Léonidas traversent à nouveau la foule jusqu'au gymnase en plein air, la palestre. Iphigénie les attend, à l'ombre d'une statue, en train de grignoter un abricot.

– Qui c'est celui-là ? demande Léonidas en levant les yeux sur la statue.

– C'est Milon, répond Iphigénie, le plus grand lutteur de tous les temps !

– Et celui-là ? demande à son tour Timée, appuyé sur un marbre massif représentant un géant au nez écrasé et à l'air furieux en train de boxer son adversaire.

– Lui, c'est Glaucos, l'homme le plus grand de tous les temps ! s'exclame Iphigénie. Au pugilat, c'est le plus fort !

– Et lui ? interroge Léonidas, à moitié caché derrière la sculpture d'un athlète en pleine course.

– C'est Acanthos de Lacédémone, le premier double vainqueur de l'épreuve de course.

– Je le connais ! l'interrompt Timée, c'est un Spartiate !

– Oui, ben, ça m'étonnerait que tu coures aussi vite que lui !

Zoooou… Iphigénie file entre les statues. Timée fonce à sa poursuite. Et Léonidas lui emboîte le pas. Les trois se lancent dans une course-poursuite dans ce labyrinthe de marbres blancs et de bronzes brillants à la gloire des héros d'Olympie. Mais tout à coup, patatras ! Timée s'écroule à plat ventre. On lui a fait un croche-patte. Un colosse le plaque au sol avec son pied et s'exclame, hilare :

– Alors, les Spartiates, vous pratiquez votre sport favori ? Détaler comme des lapins ?

Léonidas lui répond avec orgueil :

– Qui es-tu, toi, pour insulter la plus grande cité grecque ?

Le colosse répond :

– Atlas, citoyen d'Athènes. Et je suis là pour écrabouiller du Spartiate.

À ce moment-là, Timée réussit à se dégager de la prise, bondit sur ses deux jambes et s'apprête à se battre. Mais un claquement de fouet sépare les deux adversaires. Un homme drapé d'une tunique noire s'avance. Un murmure parcourt l'assistance : « C'est Kharon le pédotribe ! »

suite page 31

LES DISCIPLINES OLYMPIQUES

La course

C'était le sport roi ! Les Spartiates y excellaient. Elle se disputait sur un stade, c'est-à-dire un tout petit peu moins de 200 mètres, deux stades ou vingt-quatre stades. Seul le vainqueur était récompensé. Il n'y avait pas de médaille d'argent ou de bronze pour les suivants.

Les épreuves hippiques

Comme après eux les Romains, les Grecs adoraient les courses de chevaux et de chars ! Sauf que dans ce domaine, ce n'était pas le conducteur du char que l'on récompensait, mais le propriétaire des chevaux gagnants.

Le pentathlon

Penta veut dire « cinq » en grec. Comme aujourd'hui, le pentathlon comptait cinq épreuves. Mais les épreuves n'étaient pas les mêmes à l'époque : 1 course à pied, 2 saut en longueur, mais sans élan et avec haltères, 3 lancer du disque, 4 lutte, 5 lancer du javelot.

Les sports de combat

Il en existait trois : la lutte, le pugilat et le pancrace. La lutte se pratiquait à mains nues. Le pugilat était une sorte de boxe, en plus violent, puisqu'il n'y avait pas de gants, mais de simples bandelettes de cuir. Aujourd'hui, le mot « pugilat » désigne une bagarre acharnée sans la moindre règle. Quant au pancrace, c'était encore pire : tous les coups étaient permis, sauf la morsure et l'arrachage d'yeux.

Iphigénie chuchote à l'oreille de Léonidas :

– C'est lui qui entraîne les athlètes. On dit que ses entraînements sont pires que les vrais combats !

Mais Kharon impose le silence à tous d'un simple regard. Alors seulement, il parle :

– Comment osez-vous violer la trêve sacrée ! Ne savez-vous pas que les guerres entre cités cessent pendant les Jeux ?

Timée dévisage Atlas avec rage. Et Atlas lui rend son regard d'un sourire provocant. Voyant cela, Kharon déclare :

– Je vois que votre querelle ne pourra être réglée que sur le sable de la palestre. Mais faisons ça dans les règles de l'art, pais*. Suivez-moi !

Un combat d'entraînement ! Voilà comment le pédotribe compte régler la question. Tout le monde se rue derrière Timée et Atlas. Les garçons se font face sur le sable. Kharon leur rappelle les règles :

– Pas de coups bas, pas de morsures, pas de coups de poing, pas d'arrachage d'yeux. Le premier qui s'évanouit, qui sort du terrain, qui abandonne ou qui meurt a perdu.

Il ajoute :

– Allez-y, pais, luttez !

* *Les pais sont des jeunes adolescents.*

Timée se jette sur Atlas. Dans la foule des spectateurs, Léonidas grince des dents :

– Aïe, aïe, aïe, Timée, ta colère t'aveugle !

Et effectivement, la prise de Timée ne surprend pas l'Athénien. Trop précipitée. Trop prévisible. Maintenant, c'est Timée qui est à la merci de son adversaire. Atlas l'entoure de ses bras puissants et le soulève de terre. Timée sent ses côtes craquer… Il ne peut se dégager de l'étreinte du colosse. Jeté au sol, Timée s'écroule dans un nuage de poussière. Atlas se rue sur lui et lui tord l'épaule d'une clé au bras. Timée est impuissant.

– J… j'abandonne, dit-il, reconnaissant sa défaite.

Alors qu'Atlas continue à serrer, un coup de fouet vient le rappeler à l'ordre.

– Lâche-le, lui ordonne Kharon. Tu as vaincu. Quant à toi, Timée, les épreuves de combat des jeunes ont lieu dans quatre jours. C'est le temps que tu as pour prouver ce que valent vraiment les Spartiates.

Mais Timée n'est déjà plus là…

Au crépuscule, Léonidas finit par retrouver son ami, au bord de la rivière. Le visage fermé, il regarde l'horizon.

suite page 36

9
3
2
4
1
7
8
10

LE SANCTUAIRE D'OLYMPIE

Olympie est un lieu sacré. Tous les quatre ans, les meilleurs athlètes du monde grec s'y affrontent, sous le regard des dieux et des juges.

1. La galerie de l'écho renvoie sept fois le son de la voix.

2. Le temple de Zeus mesure 64 mètres de long et abrite une statue du dieu, haute de 13 mètres. Avant les Jeux, on y sacrifie de nombreux animaux.

3. Le bouleuterion est le palais où les juges prennent les décisions importantes.
C'est ici que les athlètes prêtent serment.

4. Des statues ont été élevées en l'honneur des vainqueurs des jeux.

5. Au gymnase, les athlètes peuvent se reposer, se baigner, se faire masser et s'entraîner.

6. La palestre est réservée au saut en longueur, à la lutte et au pugilat.

7. Le stade accueille les différentes courses.

8. Le tunnel est l'entrée du stade pour les participants.

9. L'hippodrome est réservé aux courses de chars.

10. De petits temples ont été construits par des cités qui ont vu gagner leurs athlètes.

11. Un campement abrite les spectateurs sous des tentes.

Léonidas s'assoit à côté de son ami. Après un long silence, Timée finit par parler :

– Je suis un « trembleur », dit-il, repensant à la manière dont les Spartiates nomment ceux qui ont abandonné leur poste au combat. Un vrai Spartiate ne doit jamais céder un pouce de terrain, jusqu'à la mort !

Léonidas lui sourit et dit :

– Mais non, tu n'es pas un trembleur. C'était juste un entraînement, tu prendras ta revanche…

– Atlas est invincible, répond Timée d'un air fataliste.

– Personne n'est invincible ! Tu connais l'histoire d'Achille ? Et Thésée, tu connais l'histoire de Thé…

– Tu es gentil Léo, l'interrompt Timée, mais ce n'est pas dans tes fichues histoires qu'on va trouver comment vaincre cette grosse brute d'Atlas.

Puis, sans un mot, il se lève et s'en va.

Léonidas, lui, s'attarde un peu dans la nuit. Il sort son manuscrit et commence à lire : *Le roseau et l'olivier.* Mais il fait trop noir. Alors il regarde un long moment les peupliers et les roseaux au bord de l'eau se courber sous le poids du vent.

CHAPITRE 5

LE TOURNOI

Trois jours plus tard, c'est l'aube de la compétition. Une petite ombre se glisse vers le gymnase où les athlètes s'entraînent depuis déjà des heures.

– Psssst…

C'est Iphigénie. Elle fait signe à Timée, qui court autour du terrain avec un lourd sac de sable sur les épaules.

– Prêt à en faire de la pâtée, mon Timée ? demande-t-elle

en croquant dans un gros gâteau fourré aux dattes, parsemé de pistache et de pignons.

– Quand je pense que nous, on est interdit de gâteaux depuis cinq jours, gémit Timée, en la voyant engloutir sa pâtisserie. C'est viande au petit déjeuner, viande au déjeuner, viande au goûter et viande au dîner…

– Tu vas finir par te transformer en loup pour de vrai ! rigole Léonidas, qui vient de les rejoindre.

Schlaaaac ! À nouveau, le fouet de Kharon claque, et sa voix déchire l'air comme le tranchant d'une lame :

– Ton premier combat est dans une heure, Spartiate. Tu veux vaincre ou tu veux manger ? Si tu finis le nez dans la poussière, tu pourras ramasser par terre toutes les dattes et les pignons que tu veux ! Finis ton entraînement et va te faire masser.

Une heure plus tard, Timée, le corps recouvert d'une poudre bleu-gris, est en position de combat, les pieds plantés dans le sol. L'éclat blanc de ses yeux bleus est fixé sur son adversaire, un Rhodien. Mais Timée a du mal. Le Rhodien est souple et les prises glissent sur l'huile qui couvre son corps. Alors, Timée décide de baisser sa garde

un instant. Le Rhodien tombe dans le piège. Croyant voir une ouverture, il se jette sur son adversaire, tête baissée. Timée esquive, lui enserre le cou de ses bras, se plie en deux comme un arc et le fait voltiger au-dessus de lui ! Le Rhodien trace un cercle dans les airs et atterrit de l'autre côté dans un bruit sourd. Il ne se relève pas, sonné. Victoire !

– Bravo, crie Léonidas.

Iphigénie applaudit à tout rompre :

– C'est toi le plus fort, mon Timée !

Alors, toute la journée, Timée enchaîne les victoires. Tous finissent par subir la loi du Spartiate. À la tombée de la nuit, c'est l'heure de la grande finale. Contre qui ? Atlas d'Athènes, bien sûr.

Dans l'obscurité, on allume les flambeaux autour de la palestre. Les deux pais s'enduisent le corps d'huile. Puis, ils le couvrent de poudre. De la cendre bleu-gris pour Timée, du sable rouge pour Atlas. La foule hurle autour d'eux. Ils scintillent comme deux soleils se tournant autour, deux astres prêts à entrer en collision. Le héraut proclame :

– Que le choc des Titans commence !

D'abord, les deux lutteurs s'observent. Ils se guettent comme deux buffles grattant le sol avant l'assaut. C'est Timée qui attaque en premier. Mais Atlas ne bouge pas d'un pouce. Il bloque son adversaire avec la paume d'une main, et le saisit à la ceinture de l'autre. Il soulève Timée au-dessus de lui. Il le maintient en l'air comme s'il portait la Terre elle-même sur ses épaules, et l'envoie glisser dans la poussière. Sa chute a ouvert un véritable sillon dans le sable, comme une tranchée. Timée est sonné. Il parvient pourtant à se remettre sur ses jambes. Les mains sur les hanches, déjà triomphant, Atlas lui lance :

– Maintenant, Spartiate, le coup de grâce... Pour la gloire d'Athènes !

Et il charge son adversaire comme un taureau furieux. Mais Timée semble ouvrir ses bras pour l'accueillir ! Un murmure d'étonnement parcourt la foule : que fait-il ?

Le colosse est sur lui ! Alors, Timée se penche légèrement en arrière, épousant les mouvements de son adversaire, amortissant le choc… et balaie avec sa jambe celles de son adversaire ! Atlas est déséquilibré par sa propre masse et bascule en arrière. Il s'écroule lourdement sur le dos. La terre semble trembler sous l'impact.

Alors Timée étrangle son adversaire avec ses jambes en l'empêchant de se relever. Atlas tente de le saisir, mais ses bras brassent l'air en vain. Timée resserre peu à peu sa prise. Le silence s'abat sur l'arène. Les jambes étouffent lentement le colosse à terre. On l'entend à peine murmurer :

– Je… j'abandonne.

Et le héraut proclame :

– Le champion olympique de lutte, dans la catégorie des pais, est… Timée de Sparte !

Les trompettes sonnent la gloire éternelle de l'ancien esclave.

Quelques heures plus tard, à la fin du banquet en l'honneur des vainqueurs, Kharon le pédotribe s'approche de Timée :

– Félicitations, jeune Spartiate. Tu as prouvé ta valeur. Mais quelque chose me dit que tu n'as pas réussi ça tout seul, ajoute-t-il en se tournant vers Léonidas. Cette prise, elle sort d'où ?

suite page 45

3 000 ANS DE JEUX OLYMPIQUES

Premiers Jeux

C'est en 776 avant J. C. qu'ont lieu les premiers jeux Olympiques. Au début, il n'y a qu'une épreuve, la course à pied. Le premier vainqueur s'appelle Coroebos d'Élis.

Plus d'épreuves

De nouvelles disciplines sont rapidement ajoutées au programme : sports de combat, lancers, mais aussi courses en armures. En 632 avant J. C., les épreuves juniors font leur apparition, en course et en lutte.

Vive les champions !

Entre 720 et 576, les Spartiates remportent la moitié des couronnes olympiques ! Mais ensuite, d'autres cités viennent les concurrencer. Crotone, par exemple : en 516 avant J. C., Milon de Crotone décroche son sixième titre olympique de lutte et devient la plus grande légende du sport grec.

La fin des Jeux antiques

Sept cents ans après leur création, les jeux ont beaucoup changé. Alors qu'ils étaient réservés aux Grecs, ceux-ci sont obligés de laisser les nouveaux maîtres du monde, les Romains, y participer. Un empereur, Néron, va même concourir à une course de char et, bien sûr, la remporter ! Mais ces divertissements, mal vus par les nouveaux empereurs chrétiens, sont interdits vers l'an 400 après J. C.

Les Jeux modernes

À la fin du XIXe siècle, le Français Pierre de Coubertin veut faire revivre les jeux Olympiques. La première édition a lieu à Athènes, en 1896, avec des épreuves d'athlétisme, de lutte, d'escrime, de vélo, de sports nautiques, de tirs, de gymnastique, etc. En 1900, les Jeux sont ouverts aux femmes. En 2012, Londres accueille 10 000 athlètes dans 26 disciplines pour la trentième édition des JO d'été !

Léonidas répond fièrement :

– De là !

Il montre son rouleau de parchemins et commence à lire :

– « Le roseau et l'olivier disputent de leur force. L'olivier reproche au roseau de céder à tous les vents. Le roseau garde le silence et ne répond rien. Alors le vent ne tarde pas à souffler avec violence. Le roseau, secoué et courbé, s'en tire facilement ; mais, l'olivier, tentant de résister, est brisé. »

Timée continue :

– Atlas est plus puissant que moi. Donc Léo m'a dit : « Plie, mais ne romps pas ! » Et c'est ce que j'ai fait !

Entendant cela, Iphigénie s'approche de Timée, retire la couronne d'olivier posée sur sa tête et dit :

– Alors, je vais tresser une couronne de roseau pour mon héros !

LES ROMANS-DOC
HISTOIRE

DANS LA MÊME COLLECTION

PRÉHISTOIRE ET ANTIQUITÉ

TANA, l'enfant qui sculptait les menhirs
YEGA, l'enfant de la préhistoire qui aimait les chevaux
NEFERET, la petite Égyptienne qui sauva le trésor du Pharaon
TIMÉE, qui rêvait de gagner aux Jeux olympiques
BAO-DE, jeune Chinois sur la route de la Soie
CARANTOS, le jeune Gaulois qui survécut à Alésia
TITUS, le jeune Romain gracié par l'empereur
LIVIA, qui vécut les dernières heures de Pompéi

MOYEN ÂGE

THORDIS, la petite Viking qui partit à la découverte de l'Amérique
ROMUALD, otage à la cour de Charlemagne
PAULIN, le petit paysan qui rêvait d'être chevalier
BARTHOLOMÉ, le petit bâtisseur de cathédrales

RENAISSANCE ET TEMPS MODERNES

BLANCHE, apprentie dans l'atelier de Gutenberg
SANDRO, apprenti de Léonard de Vinci
AUBIN, à la cour du roi François Ier
DIEGO, le jeune mousse de Christophe Colomb
APONI, jeune Iroquoise face aux explorateurs
COLIN, serviteur d'Anne de Bretagne
PIERROT, serviteur à la cour de Louis XIV
CLÉANDRE, jeune comédien de la troupe de Molière
TOM, qui embarqua sur un bateau pirate
COUMBA, petite esclave au XVIIIe siècle
MARGOT, petite lingère pendant la Révolution française

XIXe SIÈCLE

JULES, jeune tambour dans l'armée de Napoléon
TANOMO, qui rêvait de devenir samouraï
PAULINE, jeune paysanne à l'école de Jules Ferry
LOUISE, petite ouvrière dans une mine de charbon
ARTHUR, petit immigrant à New York

XXe SIÈCLE

JEAN-CORENTIN CARRÉ, jeune soldat de la Première Guerre mondiale
MARCEL, soldat pendant la Première Guerre mondiale
JEANNE, qui manifesta pour les droits des femmes
JEAN, qui voulait devenir résistant
BÉATRICE, sur les routes de l'Exode en 1940
MYRIAM, enfant juive pendant la Seconde Guerre mondiale
LÉON, qui vécut la Libération de Paris
SAÏD, enfant pendant la guerre Guerre d'Algérie
ANGELA, qui manifesta au côté de Martin Luther King
MARIANNE, qui vécut la grève de 1968
HOANG, qui risqua sa vie en fuyant son pays
MAGDA, témoin de la chute du mur de Berlin
JESSICA, qui vécut la libération de Mandela